Histórias de humor

Luis Fernando Verissimo
Millôr Fernandes
Stanislaw Ponte Preta
Antônio de Alcântara Machado
Graciliano Ramos
João do Rio
Lima Barreto
Aluísio Azevedo
Artur Azevedo

Ilustrações
Roberto Negreiros
Organização
Ricardo Ramos

Coleção
O Prazer da
Prosa

editora scipione

Gerência editorial
Sâmia Rios
Edição
Maria Viana
Assistência editorial
José Paulo Brait
Revisão
Ana Paula Ribeiro
Nair Hitomi Kayo
Thiago Barbalho
Edição de arte
Marisa Iniesta Martin
Pesquisa iconográfica
Vanessa Manna
Projeto gráfico de capa e miolo
Homem de Melo & Troia Design

editora scipione

Avenida das Nações Unidas, 7221
CEP 05425-902 — São Paulo — SP

ATENDIMENTO AO CLIENTE
Tel.: 4003-3061

www.aticascipione.com.br
atendimento@aticascipione.com.br

2017

ISBN 978-85-262-8369-5 — AL

Cód. do livro CL: 738020

CAE: 263298 - AL

2.ª EDIÇÃO
10.ª impressão

Impressão e acabamento
Gráfica Elyon

Esta antologia foi originalmente publicada na Série Diálogo, da Editora Scipione, em 1998 (editora responsável: Samira Youssef Campedelli).

Dados Internacionais de Catalogação na Publicação (CIP)
(Câmara Brasileira do Livro, SP, Brasil)

Histórias de humor / Luis Fernando Verissimo...[et al.]; Organização de Ricardo Ramos; ilustrações de Roberto Negreiros. — São Paulo: Scipione, 2005. (Coleção O prazer da prosa: contos)

Outros autores: Millôr Fernandes, Stanislaw Ponte Preta, Antônio de Alcântara Machado, Graciliano Ramos, João do Rio, Lima Barreto, Aluísio Azavedo e Artur Azevedo.

1. Contos brasileiros – Coletâneas – Literatura infantojuvenil. I. Verissimo, Luis Fernando. II. Fernandes, Millôr. III. Preta, Stanislaw Ponte. IV. Machado, Antônio de Alcântara. V. Ramos, Graciliano. VI. Rio, João do. VII. Barreto, Lima. VIII. Azevedo, Aluísio. IX. Azevedo, Artur. X. Ramos, Ricardo. XI. Negreiros, Roberto. XII. Série.

05-6884 CDD-028.5

Índice para catálogo sistemático:
1. Contos: Antologia: Literatura infantojuvenil 028.5
2. Contos: Antologia: Literatura juvenil 028.5

MISTO
Papel produzido a partir de fontes responsáveis
FSC® C137933

ESTE LIVRO FOI COMPOSTO EM TRIXIE E PMN CAECILIA
E IMPRESSO EM PAPEL OFFSET 90 g/m².

Prefácio

A palavra **humor** vem do latim *humore*, que significa "líquido". Com ela os antigos designavam as substâncias fluidas que circulam pelo corpo, como o sangue, a linfa, a bílis, enfim, as seivas da vida. Por que, então, chamar de humor essa disposição do espírito que nos faz rir dos outros e de nós mesmos? Será que humor é, acima de tudo, energia vital e transformadora? Ou será que tudo não passa de uma tremenda gozação etimológica? Qualquer que seja a resposta, uma coisa é certa: a literatura, de Bocaccio a Laurence Sterne, de Aluísio Azevedo a Millôr Fernandes, deve muitas de suas melhores páginas aos bem-humorados, aos autores que estão aí para explicar confundindo, e não para confundir explicando.

Sumário

Simone Rodrigues / Editora Abril

Luis Fernando Verissimo (1936) nasceu em Porto Alegre (RS). Foi publicitário, mas logo se tornou um profissional do humor, em livros e colaborações diversas: para jornais, revistas e emissoras de televisão. Excelente cronista, contista notável, é um extraordinário criador de tipos (o analista de Bagé, a velhinha de Taubaté). Aficcionado de jazz, toca saxofone.

Principais obras: *O popular*; *A grande mulher nua*; *Amor brasileiro*; *O rei do rock*; *Ed Mort e outras histórias*; *Sexo na cabeça*; *O analista de Bagé*; *Outras do analista de Bagé*; *A mesa voadora*; *A velhinha de Taubaté* e *A mulher do Silva*, crônicas e contos.

Lixo

Luis Fernando Verissimo

Encontraram-se na área de serviço. Cada um com seu pacote de lixo. É a primeira vez que se falam.

— Bom dia...

— Bom dia.

— A senhora é do 610.

— E o senhor do 612.

— É.

— Eu ainda não lhe conhecia pessoalmente...

— Pois é...

— Desculpe a minha indiscrição, mas tenho visto o seu lixo...

— O meu o quê?

— O seu lixo.

— Ah...

— Reparei que nunca é muito. Sua família deve ser pequena...

— Na verdade sou só eu.

— Mmmm. Notei também que o senhor usa muita comida em lata.

— É que eu tenho que fazer minha própria comida. E como não sei cozinhar...

— Entendo.

— A senhora também...

— Me chame de você.

— Você também perdoe a minha indiscrição, mas tenho visto alguns restos de comida em seu lixo. *Champignons*, coisas assim...

— É que eu gosto muito de cozinhar. Fazer pratos diferentes. Mas como moro sozinha, às vezes sobra...

— A senhora... Você não tem família?

— Tenho, mas não aqui.

— No Espírito Santo.

— Como é que você sabe?

— Vejo uns envelopes no seu lixo. Do Espírito Santo.

— É. Mamãe escreve todas as semanas.

— Ela é professora?

— Isso é incrível! Como foi que você adivinhou?

— Pela letra no envelope. Achei que era letra de professora.

— O senhor não recebe muitas cartas. A julgar pelo seu lixo.

— Pois é...

— No outro dia tinha um envelope de telegrama amassado.

— É.

— Más notícias?

— Meu pai. Morreu.

— Sinto muito.

— Ele já estava bem velhinho. Lá no Sul. Há tempos não nos víamos.

— Foi por isso que você recomeçou a fumar?

— Como é que você sabe?

— De um dia para o outro começaram a aparecer carteiras de cigarro amassadas no seu lixo.

— É verdade. Mas consegui parar outra vez.

— Eu, graças a Deus, nunca fumei.

— Eu sei. Mas tenho visto uns vidrinhos de comprimido no seu lixo...

— Tranquilizantes. Foi uma fase. Já passou.

— Você brigou com o namorado, certo?

— Isso você também descobriu no lixo?

— Primeiro o buquê de flores, com o cartãozinho, jogado fora. Depois, muito lenço de papel.

— É, chorei bastante, mas já passou.

— Mas hoje ainda tem uns lencinhos...

— É que eu estou com um pouco de coriza.

— Ah.

— Vejo muita revista de palavras cruzadas no seu lixo.

— É. Sim. Bem. Eu fico muito em casa. Não saio muito. Sabe como é.

— Namorada?

— Não.

— Mas há uns dias tinha uma fotografia de mulher no seu lixo. Até bonitinha.

— Eu estava limpando umas gavetas. Coisa antiga.

— Você não rasgou a fotografia. Isso significa que, no fundo, você quer que ela volte.

— Você já está analisando o meu lixo!

— Não posso negar que o seu lixo me interessou.

— Engraçado. Quando examinei o seu lixo, decidi que gostaria de conhecê-la. Acho que foi a poesia.

— Não! Você viu meus poemas?

— Vi e gostei muito.

— Mas são muito ruins!

— Se você achasse eles ruins mesmo, teria rasgado. Eles só estavam dobrados.

— Se eu soubesse que você ia ler...

— Só não fiquei com eles porque, afinal, estaria roubando. Se bem que, não sei: o lixo da pessoa ainda é propriedade dela?

— Acho que não. Lixo é domínio público.

— Você tem razão. Através do lixo, o particular se torna

público. O que sobra da nossa vida privada se integra com a sobra dos outros. O lixo é comunitário. É a nossa parte mais social. Será isso?

— Bom, aí você já está indo fundo demais no lixo. Acho que...

— Ontem, no seu lixo...

— O quê?

— Me enganei, ou eram cascas de camarão?

— Acertou. Comprei uns camarões graúdos e descasquei.

— Eu adoro camarão.

— Descasquei, mas ainda não comi. Quem sabe a gente pode...

— Jantar juntos?

— É.

— Não quero dar trabalho.

— Trabalho nenhum.

— Vai sujar a sua cozinha.

— Nada. Num instante se limpa tudo e põe os restos fora.

— No seu lixo ou no meu?

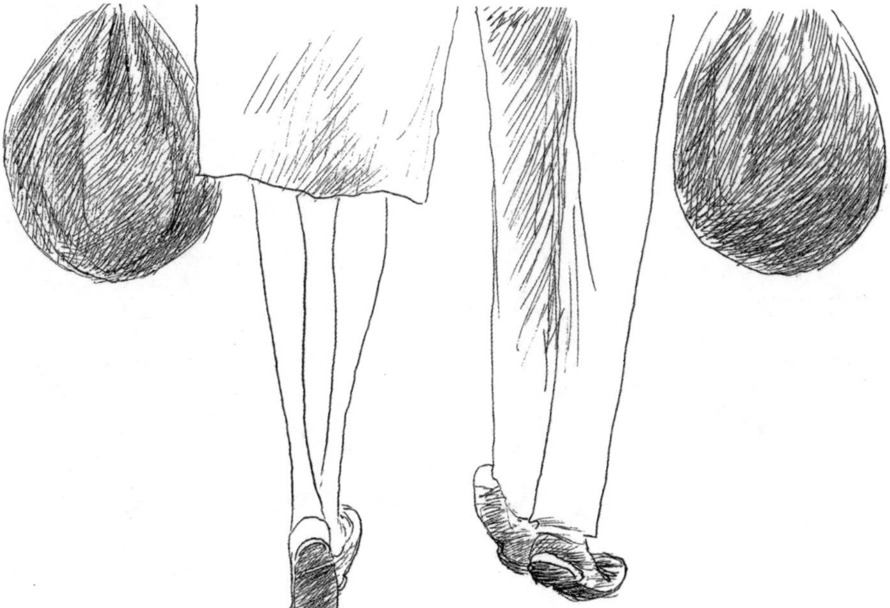

Walter Firmo / Editora Abril

Millôr Fernandes (1924-2012) nasceu e faleceu no Rio de Janeiro. Foi escritor, pintor e caricaturista, teatrólogo e tradutor, e provavelmente o mais conhecido humorista do país. Considerado por alguns como o nosso Swift, desenhava um tipo de humor fortemente pessoal. Imaginou fábulas, pensamentos, versos. Interpretou a história e o mundo. Uma imagem vale por mil palavras? Então, diga isso por imagens. Autodidata, abriu com lucidez um largo caminho. Sem pedir licença.

Principais obras: *Tempo e contratempo*; *Lições de um ignorante*; *Fábulas fabulosas*; *Trinta anos de mim mesmo*; *A verdadeira história do paraíso*; *O livro vermelho dos pensamentos*; *Livro branco do humor*; *Millôr no Pasquim*; *Que país é este?* e *Todo homem é minha caça*, crônicas.

Aonde vai a poupança popular?

Millôr Fernandes

O capitalistão americano entrou no Museu do Prado[1] e ficou besta diante de tanta arte. Que realidade, que vida, que grandiosidade! Os porretas desses pintores pintavam tão bem que as roupas até pareciam de vera fazenda. Depois de olhar e mais olhar, o capitalistão sentiu lá as suas limitações culturais[2]. Vendo que perto dele tinha um italiano fardado, à espera da gorjeta, o capitalistão botou a mão no bolso, puxou uma de cinco, deu pro homem[3] e perguntou:

— Quem foi que pintou isso?

— Raffaello — o italianão respondeu. — *Bravo pittore.*

— É vivo ainda? — perguntou o capitalistão.

— Não, já morreu — respondeu o italianão. — Essa tela hoje deve estar valendo *parecchi miliardi*[4], milhões de dólares.

— Milhões? — boquiabriu-se o capitalistão. — E quem são esses personagens aí, pintados por um pintor tão caro?

1. Na verdade, quando ele entrou no Museu do Prado, pensava que ia ver uma coleção de relíquias turfísticas. (*Nota do Autor*)
2. É fatal. Qualquer coisa que a gente aprende só faz nos dar uma imensa impressão de estupidez. (*Nota do Autor*)
3. Deu pro homem apenas economicamente, é bom esclarecer. (*Nota do Autor*)
4. Esse italiano no Museu do Prado é uma tentativa minha de evitar qualquer forma de realismo. (*Nota do Autor*)

— A Virgem Maria, São José e o Menino Jesus.

— Ah — tornou o capitalistão —, e que é que estão fazendo aí?

— É a fuga pro Egito — explicou o italianão.

— Então é por isso que eles estão assim tão mal vestidos, é?

— Não. Eles sempre foram mesmo muito pobres.

— Ah — exclamou de novo o capitalistão —, não eram nobres?

— Nobres, pô! — respondeu o italianão. — Maria era uma mulher do povo. O marido era um carpinteiro.

— É o tal negócio — concluiu então o capitalistão —, eu sempre digo que é por isso que a Espanha não vai pra frente: taí, vê? Uns proletários mortos de fome, gente que não tem nem o que comer, fugindo da polícia, e todo o dinheiro que têm, em vez de colocar na Bolsa, que é que eles fazem? Gastam tudo, mandando um pintor caríssimo fazer o retrato deles.

MORAL:
DESSA MANEIRA A ESPANHA JAMAIS
PODERÁ ENFRENTAR O DESAFIO AMERICANO.

Carlos Salker / Editora Abril

Stanislaw Ponte Preta (1923–1968) nasceu e faleceu no Rio de Janeiro. Sérgio Porto é o seu verdadeiro nome e com ele publicou os primeiros livros. Depois, jornalista militante, surgiu como humorista em colunas diárias, já assinadas por Stanislaw Ponte Preta, e com esse pseudônimo se popularizou. Criando personagens famosos (o primo Altamirando, a tia Zulmira), ou o combativo Febeapá (Festival de besteiras que assola o país). Boêmio, trabalhador incansável, desapareceu em pleno vigor da sua admirável criação.

Principais obras: *O homem ao lado*; *A casa demolida* e *As cariocas*, crônicas de Sérgio Porto. *Tia Zulmira e eu*; *Primo Altamirando e elas*; *Rosamundo e os outros*; *Garoto linha-dura*; *Na terra do crioulo doido* e *A máquina de fazer doido*, crônicas de Stanislaw Ponte Preta.

Garoto linha-dura

Stanislaw Ponte Preta

Deu-se que o Pedrinho estava jogando bola no jardim e, ao emendar a bola de bico por cima do travessão, a dita foi de contra uma vidraça e despedaçou tudo. Pedrinho botou a bola debaixo do braço e sumiu até a hora do jantar, com medo de ser espinafrado pelo pai.

Quando o pai chegou, perguntou à mulher quem quebrara o vidro e a mulher disse que foi o Pedrinho, mas que o menino estava com medo de ser castigado, razão pela qual ela temia que a criança não confessasse o seu crime.

O pai chamou Pedrinho e perguntou:

— Quem quebrou o vidro, meu filho?

Pedrinho balançou a cabeça e respondeu que não tinha a mínima ideia. O pai achou que o menino estava ainda sob o impacto do nervosismo e resolveu deixar para depois.

Na hora em que o jantar ia para a mesa, o pai tentou de novo:

— Pedrinho, quem foi que quebrou a vidraça, meu filho? — E, ante a negativa reiterada do filho, apelou: — Meu filhinho, pode dizer quem foi que eu prometo não castigar você.

Diante disso, Pedrinho, com a maior cara de pau, pigarreou e lascou:

— Quem quebrou foi o garoto do vizinho.

— Você tem certeza?

— Juro.

Aí o pai se queimou e disse que, acabado o jantar, os dois iriam ao vizinho esclarecer tudo. Pedrinho concordou que era a melhor solução e jantou sem dar a menor mostra de remorso. Apenas — quando o pai fez ameaça — Pedrinho pensou um pouquinho e depois concordou.

Terminado o jantar o pai pegou o filho pela mão e — já chateadíssimo — rumou para a casa do vizinho. Foi aí que Pedrinho provou que tinha ideias revolucionárias. Virou-se para o pai e aconselhou:

— Papai, esse menino do vizinho é um subversivo desgraçado. Não pergunte nada a ele não. Quando ele vier atender a porta, o senhor vai logo tacando a mão nele.

Antônio de Alcântara Machado (1901–1935) nasceu em São Paulo e faleceu no Rio de Janeiro. Formado em Direito, desde estudante se dedicou ao jornalismo. Foi redator e chefe de redação de jornais paulistanos. Foi diretor de jornais paulistas e cariocas. Foi também diretor de *Terra Roxa e Outras Terras*; *Revista de Antropofagia* e *Revista Nova*, publicações que refletiram várias fases do movimento modernista. Era deputado federal por São Paulo quando faleceu, no Rio de Janeiro.

Principais obras: *Pathé-Baby*; *Brás, Bexiga e Barra Funda*; *Laranja da China*; *Mana Maria* (novela inacabada) e *Cavaquinho e saxofone* (póstumo), volumes de contos, novelas e crônicas. Editou ainda *Anchieta na Capitania de São Vicente*, memória histórica.

Apólogo brasileiro sem véu de alegoria

Antônio de Alcântara Machado

O trenzinho recebeu em Maguari o pessoal do matadouro e tocou para Belém. Já era noite. Só se sentia o cheiro doce do sangue. As manchas na roupa dos passageiros ninguém via porque não havia luz. De vez em quando passava uma fagulha que a chaminé da locomotiva botava. E os vagões no escuro.

Trem misterioso. Noite fora noite dentro. O chefe vinha recolher os bilhetes de cigarro na boca. Chegava a passagem bem perto da ponta acesa e dava uma chupada para fazer mais luz. Via mal e mal a data e ia guardando no bolso. Havia sempre uns que gritavam:

— Vá pisar no inferno!

Ele pedia perdão (ou não pedia) e continuava seu caminho. Os vagões sacolejando.

O trenzinho seguia danado para Belém porque o maquinista não tinha jantado até aquela hora. Os que não dormiam aproveitando a escuridão conversavam e até gesticulavam por força do hábito brasileiro. Ou então cantavam, assobiavam. Só as mulheres se encolhiam com medo de algum desrespeito.

Noite sem lua nem nada. Os fósforos é que alumiavam um instante as caras cansadas e a pretidão feia caía de novo. Ninguém estranhava. Era assim mesmo todos os dias. O pessoal do matadouro já estava acostumado. Parecia trem de carga o trem de Maguari.

Porém aconteceu que no dia seis de maio viajava no penúltimo banco do lado direito do segundo vagão um cego de óculos azuis. Cego baiano das margens do Verde de Baixo. Flautista de profissão, dera um concerto em Bragança. Parara em Maguari. Voltava para Belém com setenta e quatrocentos no bolso. O taioca guia dele só dava uma folga no bocejo para cuspir.

Baiano velho estava contente. Primeiro deu uma cotovelada no secretário e puxou conversa. Puxou à toa porque não veio nada. Então principiou a assobiar. Assobiou uma valsa (dessas que vão subindo, vão subindo e depois descendo, vêm descendo), uma polca, um pedaço de *Trovador**. Ficou quieto uns tempos. De repente deu uma coisa nele. Perguntou para o rapaz:

— O jornal não dá nada sobre a sucessão presidencial?

O rapaz respondeu:

— Não sei: nós estamos no escuro.

— No escuro?

— É.

Ficou matutando calado. Claríssimo que não compreendia bem. Perguntou de novo:

— Não tem luz?

Bocejo.

— Não tem.

Cuspada.

Matutou mais um pouco. Perguntou de novo:

— O vagão está no escuro?

— Está.

* *O trovador* – ópera do compositor italiano Giuseppe Verdi (1813–1901). (*Nota do organizador*)

De tanta indignação bateu com o porrete no soalho. E principiou a grita dele assim:

— Não pode ser! Estrada relaxada! Que é que faz que não acende? Não se pode viver sem luz! A luz é necessária! A luz é o maior dom da natureza! Luz! Luz! Luz!

E a luz não foi feita. Continuou berrando:

— Luz! Luz! Luz!

Só a escuridão respondia.

Baiano velho estava fulo. Urrava. Vozes perguntaram dentro da noite:

— Que é que há?

Baiano velho trovejou:

— Não tem luz!

Vozes concordaram:

— Pois não tem mesmo.

Foi preciso explicar que era um desaforo. Homem não é bicho. Viver nas trevas é cuspir no progresso da humanidade. Depois a gente tem a obrigação de reagir contra os exploradores do povo. No preço da passagem está incluída a luz. O governo não toma providências? Não toma? A turba ignara fará valer seus direitos sem ele. Contra ele se necessário. Brasileiro é bom, é amigo da paz, é tudo quanto quiserem; mas bobo não. Chega um dia e a coisa pega fogo.

Todos gritavam discutindo com calor e palavrões. Um mulato propôs que se matasse o chefe do trem. Mas João Virgulino lembrou:

— Ele é pobre como a gente.

Outro sugeriu uma grande passeata em Belém com banda de música e discursos.

— Foguetes também?

— Foguetes também.

— Be-le-za!

Mas João Virgulino observou:

— Isso custa dinheiro.

Que é que se vai fazer então? Ninguém sabia. Isto é: João Virgulino sabia. Magarefe, chefe do matadouro de Maguari, tirou a faca da cinta e começou a esquartejar o banco de palhinha. Com todas as regras do ofício. Cortou um pedaço, jogou pela janela e disse:

— Dois quilos de lombo!

Cortou outro e disse:

— Quilo e meio de toicinho!

Todos os passageiros, magarefes e auxiliares imitaram o chefe. Os instintos carniceiros se satisfizeram plenamente. E indignação virou alegria. Era cortar e jogar pelas janelas. Parecia um serviço organizado. Ordens partiam de todos os lados. Com piadas, risadas, gargalhadas:

— Quantas reses, Zé Bento?

— Eu estou na quarta, Zé Bento!

Baiano velho quando percebeu a história pulou de contente. O chefe do trem correu quase que chorando.

— Que é isso? Que é isso? É por causa da luz?

Baiano velho respondeu:

— É por causa das trevas!

O chefe do trem suplicava:

— Calma! Calma! Eu arranjo umas velinhas.

João Virgulino percorria os vagões apalpando os bancos.

— Aqui ainda tem uns três quilos de coxão mole!

O chefe do trem foi para o cubículo dele e se fechou por dentro, rezando. Belém já estava perto. Dos bancos só restava a armação de ferro. Os passageiros de pé contavam façanhas. Baiano velho tocava a marcha de sua lavra chamada *Às armas, cidadãos!* O taioquinha embrulhava no jornal a faca surrupiada na confusão.

Tocando a sineta o trem de Maguari fungou na estação de

Belém. Em dois tempos os vagões se esvaziaram. O último a sair foi o chefe, muito pálido.

Belém vibrou com a história. Os jornais afixaram cartazes. Era assim o título de um: "*Os passageiros no trem de Maguari amotinaram-se jogando os assentos ao leito da estrada*". Mas foi substituído porque se prestava a interpretações que feriam de frente o decoro das famílias. Diante do Teatro da Paz houve um conflito sangrento entre populares.

Dada a queixa à polícia foi iniciado o inquérito para apurar as responsabilidades. Perante grande número de advogados, representantes da imprensa, curiosos e pessoas gradas, o delegado ouviu vários passageiros. Todos se mantiveram na negativa menos um que se declarou protestante e trazia um exemplar da Bíblia no bolso. O delegado perguntou:

— Qual a causa verdadeira do motim?

O homem respondeu:

— A causa verdadeira do motim foi a falta de luz nos vagões.

O delegado olhou firme nos olhos do passageiro e continuou:

— Quem encabeçou o movimento?

Em meio da ansiosa expectativa dos presentes o homem revelou:

— Quem encabeçou o movimento foi um cego!

Quis jurar sobre a Bíblia mas foi imediatamente recolhido ao xadrez porque com a autoridade não se brinca.

Reprodução / AE

Graciliano Ramos (1892–1953) nasceu em Quebrângulo (AL) e faleceu no Rio de Janeiro. Fazendeiro e negociante, quando prefeito de Palmeira dos Índios, seus relatórios municipais chamaram a atenção de um editor carioca, que publicou seu romance de estreia. Foi diretor da Imprensa Oficial e Secretário da Educação do Estado. Preso pela ditadura getulista, foi levado para o Rio; depois de solto, não mais voltou a Alagoas. Fez jornalismo (um dos nossos primeiros copidesques) e foi inspetor de ensino.

Principais obras: *Caetés*; *São Bernardo*; *Angústia* e *Vidas secas*, romances. *Infância* e *Memórias do cárcere*, memórias. *Insônia*, contos. *Linhas tortas*; *Viventes das Alagoas*; *Alexandre e outros heróis* e *Viagem*, crônicas.

O olho torto de Alexandre

Graciliano Ramos

— Esse caso que vossemecê escorreu é uma beleza, Seu Alexandre — opinou Seu Libório. — E eu fiquei pensando em fazer dele uma cantiga para cantar na viola.

— Boa ideia — concordou o cego preto Firmino. — Era o que Seu Libório devia fazer, que tem cadência e sabe o negócio. Mas aí, se me dão licença... Não é por querer falar mal, não senhor.

— Diga, Seu Firmino — convidou Alexandre.

— Pois é — tornou o cego. — Vossemecê não se ofenda, eu não gosto de ofender ninguém. Mas nasci com o coração perto da goela. Tenho culpa de ter nascido assim? Quando acerto um caminho, vou até topar.

— Destampe logo, Seu Firmino — resmungou Alexandre enjoado. — Para que essas nove-horas?

— Então, como o dono da casa manda, lá vai tempo. Essa história da onça era diferente a semana passada. Seu Alexandre já montou na onça três vezes, e no princípio não falou no espinheiro.

Alexandre indignou-se, engasgou-se, e quando tomou fôlego, desejou torcer o pescoço do negro:

— Seu Firmino, eu moro nesta ribeira há um bando de anos, todo o mundo me conhece, e nunca ninguém pôs em dúvida a minha palavra.

— Não se aperreie não, Seu Alexandre. É que há umas novidades na conversa. A moita de espinho apareceu agora.

— Mas, Seu Firmino — replicou Alexandre —, é exatamente o espinheiro que tem importância. Como é que eu me iria esquecer do espinheiro? A onça não vale nada, Seu Firmino, a onça é coisa à toa. Onças de bom gênio há muitas. O senhor nunca viu? Ah! Desculpe, nem me lembrava de que o senhor não enxerga. Pois nos circos há onças bem ensinadas, foi o que me garantiu meu mano mais novo, homem sabido, tão sabido que chegou a tenente de polícia. Acho até que as onças todas seriam mansas como carneiros, se a gente tomasse o trabalho de botar os arreios nelas. Vossemecê pensa de outra forma? Então sabe mais que meu irmão tenente, pessoa que viajou nas cidades grandes.

Cesária manifestou-se:

— A opinião de Seu Firmino mostra que ele não é traquejado. Quando a gente conta um caso, conta o principal, não vai esmiuçar tudo.

— Certamente — concordou Alexandre. — Mas o espinheiro eu não esqueci. Como é que havia de esquecer o espinheiro, uma coisa que influi tanto na minha vida?

Aí Alexandre, magoado com a objeção do negro, declarou aos amigos que ia calar-se. Detestava exageros, só dizia o que se tinha passado, mas como na sala havia quem duvidasse dele, metia a viola no saco. Mestre Gaudêncio Curandeiro e Seu Libório Cantador procuraram com bons modos resolver a questão, juraram que a palavra de Seu Alexandre era uma escritura, e o cego preto Firmino desculpou-se rosnando.

— Conte, meu padrinho — rogou Das Dores.

Alexandre resistiu meia hora, cheio de melindres, e voltou às boas.

— Está bem, está bem. Como os amigos insistem...

Cesária levantou-se, foi buscar uma garrafa de cachimbo e uma xícara. Beberam todos, Alexandre se desanuviou e falou assim:

— Acabou-se. Vou dizer aos amigos como arranjei este defeito no olho. E aí Seu Firmino há de ver que eu não podia esquecer o espinheiro, está ouvindo? Prestem atenção, para não me virem com perguntas e razões como as de Seu Firmino. Ora muito bem. Naquele dia, quando o pessoal lá de casa cobrou a fala, depois do susto que a onça tinha causado à gente, meu pai reparou em mim e botou as mãos na cabeça: "Valha-me, Nossa Senhora. Que foi que lhe aconteceu, Xandu?" Fiquei meio besta, sem entender o que ele queria dizer, mas logo percebi que todos se espantavam. Devia ser por causa da minha roupa, que estava uma lástima, completamente esmolambada. Imaginem. Voar pela capoeira no escuro, trepado naquele demônio. Mas a admiração de meu pai não era por causa da roupa, não. "Que é que você tem na cara, Xandu?" — perguntou ele agoniado. Meu irmão tenente (que naquele tempo ainda não era tenente) me trouxe um espelho. Uma desgraça, meus amigos, nem queiram saber. Antes de me espiar no vidro, tive uma surpresa: notei que só distinguia metade das pessoas e das coisas. Era extraordinário. Minha mãe estava diante de mim, e, por mais que me esforçasse, eu não conseguia ver todo o corpo dela. Meu irmão me aparecia com um braço e uma perna, e o espelho que me entregou estava partido pelo meio, era um pedaço de espelho. "Que trapalhada será esta?" — disse comigo. E nada de atinar com a explicação. Quando me vi no caco de vidro é que percebi o negócio. Estava com o focinho em miséria: arranhado, lanhado, cortado, e o pior é que o olho esquerdo tinha levado sumiço. A princípio não abarquei o tamanho do desastre, porque só avistava uma banda do rosto. Mas virando o espelho, via o outro lado, enquanto o primeiro se sumia. Tinha perdido o olho esquerdo, e era por isso que enxergava as coisas incompletas. Baixei a cabeça, triste, assuntando na infelicidade e procurando um jeito de me curar. Não havia curandeiro nem rezador que me endireitasse, pois mezinha e reza servem pouco a uma criatura sem olho, não é verdade, Seu Gaudêncio? Minha família começou a fazer perguntas, mas eu estava zonzo, sem vontade de conversar, e saí dali, fui-me encostar num canto da cerca do curral. Com a ligeireza da carreira, nem tinha sentido as esfoladuras e o golpe medonho. Como é que eu podia saber o lugar da desgraça? Calculei que devia ser o espinheiro e logo me veio a ideia de examinar a coisa de perto. Saltei no lombo de um cavalo e larguei-me para o bebedouro, daí ganhei o mato, acompanhando o rastro da onça. Caminhei, caminhei, e enquanto caminhava ia-me chegando uma esperança. Era possível que não estivesse tudo perdido. Se encontrasse o meu olho, talvez ele pegasse de novo e tapasse aquele buraco vermelho que eu tinha no rosto. A vista não ia voltar, certamente, mas pelo menos eu arrumaria boa figura. À tardinha cheguei ao espinheiro, que logo reconheci, porque, como os senhores já sabem, a onça tinha caído dentro dele e havia ali um estrago feio: galhos rebentados, o chão coberto de folhas, cabelos e sangue nas cascas do pau. Enfim um sarapatel brabo. Apeei-me e andei uma hora caçando o diacho do olho. Trabalho perdido. E já estava desanimado, quando o infeliz me bateu na cara de supetão, murcho, seco, espetado na ponta de um garrancho todo coberto de moscas. Peguei nele com muito cuidado, limpei-o na manga da camisa para tirar a poeira, depois encaixei-o no buraco vazio e ensanguentado. E foi um espanto, meus amigos, ainda hoje me arrepio. Querem saber o que aconteceu? Vi a cabeça por dentro, vi os miolos, e nos miolos muito brancos as figuras de pessoas em que eu pensava naquele momento. Sim senhores, vi meu pai, minha mãe, meu irmão tenente, os negros, tudo miudinho, do tamanho de caroços de milho. É verdade. Baixando a vista, percebi o coração, as tripas, o bofe, nem sei que mais. Assombrei-me. Estaria malucando? Enquanto enxergava o interior do corpo, via também o que estava fora, as catingueiras, os mandacarus, o céu e a moita de espinhos, mas tudo isso aparecia cortado, como já expliquei: havia apenas uma parte das plantas, do céu, do coração, das tripas, das figuras que se mexiam na minha cabeça. Refletindo, consegui adivinhar a razão daquele milagre: o olho tinha sido colocado pelo avesso. Compreendem? Colocado pelo avesso. Por isso apanhava os pensamentos, o bofe e o resto. Tenho rolado por este mundo, meus amigos, assisti a muita embrulhada, mas essa foi a maior de todas, não foi, Cesária?

— Foi, Alexandre — respondeu Cesária levantando-se e acendendo o cachimbo de barro no candeeiro. — Essa foi diferente das outras.

— Pois é — continuou Alexandre. — Só havia metade das nuvens, metade dos urubus que voavam nelas, metade dos pés de pau. E do outro lado metade do coração, que fazia tuque, tuque, tuque, metade das tripas e do bofe, metade de meu pai, de minha mãe, de meu irmão tenente, dos negros e da onça, que funcionavam na minha cabeça. Meti o dedo no buraco do rosto, virei o olho e tudo se tornou direito, sim senhores. Aqueles troços do interior se sumiram, mas o mundo verdadeiro ficou mais perfeito que antigamente. Quando me vi no espelho, depois, é que notei que o olho estava torto. Valia a pena consertá-lo? Não valia, foi o que eu disse comigo. Para que bulir no que está quieto? E acreditem vossemecês que este olho atravessado é melhor que o outro.

Alexandre bocejou, estirou os braços e esperou a aprovação dos ouvintes. Cesária balançou a cabeça, Das Dores bateu palmas e Seu Libório felicitou o dono da casa:

— Muito bem, Seu Alexandre, o senhor é um bicho. Vou botar essas coisas em cantoria. O olho esquerdo melhor que o direito, não é, Seu Alexandre?

— Isso mesmo, Seu Libório. Vejo bem por ele, graças a Deus. Vejo até demais. Um dia destes apareceu um veado ali no monte...

O cego preto Firmino interrompeu-o:

— E a onça? Que fim levou a onça que ficou presa no mourão, Seu Alexandre?

Alexandre enxugou a testa suada na varanda da rede e explicou-se:

— É verdade, Seu Firmino, falta a onça. Ia-me esquecendo dela. Ocupado com um caso mais importante, larguei a pobre. A onça misturou-se com o gado, no curral, mas começou a entristecer e nunca mais fez ação. Só se dava bem comendo carne fresca. Tentei acostumá-la a outra comida, sabugo de milho, caroço de algodão. Coitada. Estranhou a mudança e perdeu o apetite. Por fim ninguém tinha medo dela. E a bicha andava pelo pátio, banzeira, com o rabo entre as pernas, o focinho no chão. Viveu pouco. Finou-se devagarinho, no chiqueiro das cabras, junto do bode velho, que fez boa camaradagem com a infeliz. Tive pena, Seu Firmino, e mandei curtir o couro dela, que meu irmão tenente levou quando entrou na polícia. Perguntem a Cesária.

— Não é preciso — respondeu Seu Libório Cantador. — Essa história está muito bem amarrada. E a palavra de Seu Alexandre é um evangelho.

João do Rio (1881–1921) nasceu e faleceu no Rio de Janeiro. Jornalista, ingressando na imprensa ainda moço, Paulo Barreto logo se tornou célebre com o pseudônimo de João do Rio. Sua atividade, febril, abarcou os mais diversos rumos. Em reportagens, entrevistas e ensaios, nos deu as tendências literárias da época, o panorama das religiões primitivas cariocas, ou a galeria das figuras de uma conferência de paz. Talvez esse cunho documental seja o mais importante do seu legado.

Principais obras: *Dentro da noite; Rosário da ilusão* e *A mulher e os espelhos*, contos. *Vida vertiginosa* e *A alma encantadora das ruas*, crônicas. *A correspondência de uma estação de cura* e *A profissão de Jacques Pedreira*, romances.

O homem da
cabeça de
papelão
João do Rio

No país que chamavam do Sol, apesar de chover, às vezes, semanas inteiras, vivia um homem de nome Antenor. Não era príncipe. Nem deputado. Nem rico. Nem jornalista. Absolutamente sem importância social.

O País do Sol, como em geral todos os países lendários, era o mais comum, o menos surpreendente em ideias e práticas. Os habitantes afluíam todos para a capital, composta de praças, ruas, jardins e avenidas, e tomavam todos os lugares e todas as possibilidades da vida dos que, por desventura, eram da capital. De modo que estes eram mendigos e parasitas, únicos meios de vida sem concorrência, isso mesmo com muitas restrições quanto ao parasitismo. Os prédios da capital, no centro elevavam aos ares alguns andares e a fortuna dos proprietários, nos subúrbios não passavam de um andar sem que por isso não enriquecessem os proprietários também. Havia milhares de automóveis à disparada pelas artérias matando gente para matar o tempo, cabarés fatigados, jornais, bondes, partidos nacionalistas, ausência de conservadores, a Bolsa, o Governo, a Moda e um aborrecimento integral. Enfim tudo quanto a cidade de fantasia pode almejar para ser igual a uma grande cidade com pretensões da América. E o povo que habitava julgava-se, além de inteligente, possuidor de imenso bom--senso. Bom-senso! Se não fosse a capital do País do Sol, a cidade seria a capital do Bom-Senso!

Precisamente por isso, Antenor, apesar de não ter importância alguma, era exceção malvista. Esse rapaz, filho de boa família (tão boa que até tinha sentimentos), agira sempre em desacordo com a norma dos seus concidadãos.

Desde menino, a sua respeitável progenitora descobriu-lhe um defeito horrível: Antenor só dizia a verdade. Não a sua verdade, a verdade útil, mas verdade verdadeira. Alarmada, a digna senhora pensou em tomar providências. Foi-lhe impossível. Antenor era diverso no modo de comer, na maneira de vestir, no jeito de andar, na expressão com que se dirigia aos outros. Enquanto usara calções, os amigos da família consideravam-no um *enfant terrible*, porque no País do Sol todos falavam francês com convicção, mesmo falando mal. Rapaz, entretanto, Antenor tornou-se alarmante. Entre outras coisas, Antenor pensava livremente por conta própria. Assim, a família via chegar Antenor como a própria revolução; os mestres indignavam-se porque ele aprendia ao contrário do que ensinavam; os amigos odiavam-no; os transeuntes, vendo-o passar, sorriam.

Uma só coisa descobriu a mãe de Antenor para não ser forçada a mandá-lo embora: Antenor nada do que fazia, fazia por mal. Ao contrário. Era escandalosamente, incompreensivelmente bom. Aliás, só para ela, para os olhos maternos. Porque quando Antenor resolveu arranjar trabalho para os mendigos e corria a bengala os parasitas na rua, ficou provado que Antenor era apenas doido furioso. Não só para as vítimas de sua bondade como para a esclarecida inteligência dos delegados de polícia a quem teve de explicar a sua caridade.

Com o fim de convencer Antenor de que devia seguir os trâmites legais de um jovem solar, isto é: ser bacharel e depois empregado público nacionalista — deixando à atividade da canalha estrangeira o resto — os interesses congregados da família, em nome dos princípios, organizaram vários *meetings*, como aqueles que se fazem na inexistente democracia americana para provar que a chave abre portas e a faca serve para cortar o que é nosso para nós e o que é dos outros também para nós. Antenor, diante da evidência, negou-se.

— Ouça! — bradava o tio. — Bacharel é o princípio de tudo. Não estude. Pouco importa! Mas seja bacharel! Bacharel, você tem tudo nas mãos. Ao lado de um político-chefe, sabendo lisonjear, é a ascensão: deputado, ministro.

— Mas não quero ser nada disso.

— Então quer ser vagabundo?

— Quero trabalhar.

— Vem dar na mesma coisa. Vagabundo é um sujeito a quem faltam três coisas: dinheiro, prestígio e posição. Desde que você não as tem, mesmo trabalhando — é vagabundo.

— Eu não acho.

— É pior. É um tipo sem bom-senso. É bolchevique. Depois, trabalhar para os outros é uma ilusão. Você está inteiramente doido.

Antenor foi trabalhar, entretanto. E teve uma grande dificuldade para trabalhar. Pode-se dizer que a originalidade da sua vida era trabalhar para trabalhar. Acedendo ao pedido da respeitável senhora que era mãe de Antenor, Antenor passeou a sua má cabeça por várias casas de comércio, várias empresas industriais. Ao cabo de um, dois meses estava na rua. Por que mandavam embora Antenor? Ele não tinha exigências, era honesto como a água, trabalhador, sincero, verdadeiro, cheio de ideias. Até alegre — qualidade raríssima no país onde o sol, a cerveja e a inveja faziam batalhões de biliosos tristes. Mas companheiros e patrões prevenidos, se a princípio declinavam hostilidades, dentro em pouco não o aturavam. Quando um companheiro não atura o outro, intriga-o. Quando um patrão não atura o empregado, despede-o. É a norma do País do Sol. Com Antenor depois de despedido, companheiros e patrões ainda por cima tomavam-lhe birra. Por quê? É tão difícil saber a verdadeira razão por que um homem não suporta outro homem!

Um dos seus ex-companheiros explicou certa vez:

— É doido. Tem a mania de fazer mais que os outros. Estraga a norma do serviço e acaba não sendo tolerado. Mau companheiro. E depois com ares...

O patrão do último estabelecimento de que saíra o rapaz respondeu à mãe de Antenor:

— A perigosa mania de seu filho é pôr em prática ideias que julga próprias.

— Prejudicou-o, Sr. Praxedes?

— Não. Mas podia prejudicar. Sempre altera o bom-senso. Depois, mesmo que seu filho fosse águia, quem manda na minha casa sou eu.

No País do Sol o comércio é uma maçonaria. Antenor, com fama de perigoso, insuportável, desobediente, anarquizador não pôde em breve obter emprego algum. Os patrões que mais tinham lucrado com as suas ideias eram os que mais falavam. Os companheiros que mais o haviam aproveitado tinham-lhe raiva. E se Antenor sentia a triste experiência do erro econômico no trabalho sem a norma, a praxe, no convívio social, compreendia o desastre da verdade. Não o toleravam. Era-lhe impossível ter amigos por muito tempo, porque esses só o eram enquanto não o tinham explorado.

Antenor ria. Antenor tinha saúde. Todas aquelas desditas eram para ele brincadeira. Estava convencido de estar com a razão, de vencer. Mas, a razão sua, sem interesse, chocava-se à razão dos outros ou com interesses ou presa à sugestão dos alheios. Ele via os erros, as hipocrisias, as vaidades, e dizia o que via. Ele ia fazer o bem, mas mostrava o que ia fazer. Como tolerar tal miserável? Antenor tentou tudo; juvenilmente, na cidade. A digníssima sua progenitora desculpava-o ainda.

— É doido, mas bom.

Os parentes, porém, não o cumprimentavam mais. Antenor exercera o comércio, a indústria, o professorado, o proletariado. Ensinara Geografia num colégio, de onde foi expulso pelo diretor; estivera numa fábrica de tecidos, forçado a retirar-se pelos operários e pelos patrões; oscilara entre revisor de jornal e condutor de bonde. Em todas as profissões vira os círculos estreitos das classes, a defesa hostil dos outros homens, o ódio com que o repeliam, porque ele pensava, sentia, dizia outra coisa diversa.

— Mas, Deus, eu sou honesto, bom, inteligente, incapaz de fazer mal...

— É da tua má cabeça, meu filho.

— Qual?

— A tua cabeça não regula.

— Quem sabe?

Antenor começava a pensar na sua cabeça, quando o seu coração apaixonou-se. Era uma rapariga chamada Maria Antônia, filha da nova lavadeira de sua mãe. Antenor achava perfeitamente justo casar com a Maria Antônia. Todos viram nisso mais uma prova de desarranjo cerebral de Antenor. Apenas, com pasmo geral, a resposta de Maria Antônia foi condicional.

— Só caso se o senhor tomar juízo.

— Mas que chama você juízo?

— Ser como os demais.

— Então você gosta de mim?

— E por isso é que só caso depois.

Como tomar juízo? Como regular a cabeça? O amor leva aos maiores desatinos. Antenor pensava em arranjar a má cabeça, estava convencido.

Nessas disposições, Antenor caminhava por uma rua do centro da cidade, quando os seus olhos descobriram a tabuleta de uma "relojoaria e outros maquinismos delicados de precisão". Achou graça e entrou. Um cavalheiro grave veio servi-lo.

— Traz algum relógio?

— Trago a minha cabeça.

— Ah! Desarranjada?

— Dizem-no, pelo menos.

— Em todo o caso, há tempo?

— Desde que nasci.

— Talvez imprevisão na montagem das peças. Não lhe posso dizer nada sem observação de trinta dias e a desmontagem geral. As cabeças, como os relógios, para regularem bem...

Antenor atalhou:

— E o senhor fica com a minha cabeça?

— Se a deixar.

— Pois aqui a tem. Conserte-a. O diabo é que eu não posso andar sem cabeça...

— Claro. Mas, enquanto a arranjo, empresto-lhe uma de papelão.

— Regula?

— É de papelão! — explicou o honesto negociante.

Antenor recebeu o número de sua cabeça, enfiou a de papelão, e saiu para a rua.

Dois meses depois, Antenor tinha uma porção de amigos, jogava pôquer com o Ministro da Agricultura, ganhava uma pequena fortuna vendendo feijão bichado para os exércitos aliados. A respeitável mãe de Antenor via-o mentir, fazer mal, trapacear e ostentar tudo o que não era. Os parentes, porém, estimavam-no, e os companheiros tinham garbo em recordar o tempo em que Antenor era maluco.

Antenor não pensava. Antenor agia como os outros. Queria ganhar. Explorava, adulava, falsificava. Maria Antônia tremia de contentamento vendo Antenor com juízo. Mas Antenor, logicamente, desprezou-a, propondo um concubinato que não o desmoralizasse. Outras Marias ricas, de posição, eram da opinião da primeira Maria. Ele só tinha de escolher. No centro operário, a sua fama crescia, querido dos patrões burgueses e dos operários irmãos dos espartaquistas da Alemanha. Foi eleito deputado por todos e, especialmente, pelo Presidente da República — a quem atacou logo, pois para a futura eleição o Presidente seria outro. A sua ascensão só podia ser comparada à dos balões. Antenor esquecia o passado, amava a sua terra. Era o modelo da felicidade. Regulava admiravelmente.

Passaram-se assim anos. Todos os chefes políticos do País do Sol estavam na dificuldade de concordar no nome do novo senador, que fosse o expoente da norma, do bom-senso. O nome de Antenor era cotado. Então Antenor passeava de automóvel pelas ruas centrais, para tomar o pulso à opinião, quando os seus olhos deram na tabuleta do relojoeiro e lhe veio a memória.

— Bolas! E eu esqueci! A minha cabeça está ali há tempo... Que acharia o relojoeiro? É capaz de tê-la vendido para o interior. Não posso ficar toda vida com uma cabeça de papelão!

Saltou. Entrou na casa do negociante. Era o mesmo que o servira.

— Há tempos deixei aqui uma cabeça.

— Não precisa dizer mais. Espero-o ansioso e admirado da sua ausência, desde que ia desmontar a sua cabeça.

— Ah! — fez Antenor.

— Tem-se dado bem com a de papelão?

— Assim...

— As cabeças de papelão não são más de todo. Fabricações por série. Vendem-se muito.

— Mas a minha cabeça?

— Vou buscá-la.

Foi ao interior e trouxe um embrulho com respeitoso cuidado.

— Aqui está.

— Consertou-a?

— Não.

— Então, desarranjo grande?

O homem recuou.

— Senhor, na minha longa vida profissional jamais encontrei um aparelho igual, como perfeição, como acabamento, como precisão. Nenhuma cabeça regulará no mundo melhor do que a sua. É a placa sensível do tempo, das ideias, é o equilíbrio de todas as vibrações. O senhor não tem uma cabeça qualquer. Tem uma cabeça de exposição, uma cabeça de gênio, *hors-concours*.

Antenor ia entregar a cabeça de papelão. Mas conteve-se.

— Faça o obséquio de embrulhá-la.

— Não a coloca?

— Não.

— V. Exa. faz bem. Quem possui uma cabeça assim, não a usa todos os dias. Fatalmente dá na vista.

Mas Antenor era prudente, respeitador da harmonia social.

— Diga-me cá. Mesmo parada em casa, sem corda, numa redoma, talvez prejudique.

— Qual! V. Exa. terá a primeira cabeça.

Antenor ficou seco.

— Pode ser que V., profissionalmente, tenha razão. Mas, para mim, a verdade é a dos outros, que sempre a julgaram desarranjada e não regulando bem. Cabeças e relógios querem-se conforme o clima e a moral de cada terra. Fique V. com ela. Eu continuo com a de papelão.

E, em vez de viver no País do Sol um rapaz chamado Antenor, que não conseguia ser nada tendo a cabeça mais admirável — um dos elementos mais ilustres do País do Sol foi Antenor, que conseguiu tudo com uma cabeça de papelão.

LIMA BARRETO (1881–1922) nasceu e morreu no Rio de Janeiro. Funcionário do Ministério da Guerra, após abandonar no meio o curso de Engenharia, Afonso Henriques de Lima Barreto viveu modestamente. Teve problemas com a bebida, que lhe perturbara a razão, forçando-o a aposentar-se por invalidez aos 37 anos. Entretanto, sua ficção é extremamente lúcida. Quer no romance, quer no conto, abriu um leque de intenções variado e crítico.

Principais obras: *Recordações do escrivão Isaías Caminha; Triste fim de Policarpo Quaresma; Numa e a ninfa; Vida e morte de M. J. Gonzaga de Sá* e *Clara dos Anjos*, romances. *Histórias e sonhos*, contos.

A nova Califórnia

Lima Barreto

Ninguém sabia donde viera aquele homem. O agente do Correio pudera apenas informar que acudia ao nome de Raimundo Flamel, pois assim era subscrita a correspondência que recebia. E era grande. Quase diariamente, o carteiro lá ia a um dos extremos da cidade, onde morava o desconhecido, sopesando um maço alentado de cartas vindas do mundo inteiro, grossas revistas em línguas arrevesadas, livros, pacotes...

Quando Fabrício, o pedreiro, voltou de um serviço em casa do novo habitante, todos na venda perguntaram-lhe que trabalho lhe tinha sido determinado.

— Vou fazer um forno — disse o preto — na sala de jantar.

Imaginem o espanto da pequena cidade de Tubiacanga, ao saber de tão extravagante construção: um forno na sala de jantar! E, pelos dias seguintes, Fabrício pôde contar que vira balões de vidros, facas sem corte, copos como os da farmácia — um rol de coisas esquisitas a se mostrarem pelas mesas e prateleiras como utensílios de uma bateria de cozinha em que o próprio diabo cozinhasse.

O alarme se fez na vila. Para uns, os mais adiantados, era um fabricante de moeda falsa; para outros, os crentes e simples, um tipo que tinha parte com o tinhoso.

Chico da Tirana, o carreiro, quando passava em frente da casa do homem misterioso, ao lado do carro a chiar, e olhava a chaminé da sala de jantar a fumegar, não deixava de persignar-se e rezar um "credo" em voz baixa; e, não fora a intervenção do farmacêutico, o subdelegado teria ido dar um cerco à casa daquele indivíduo suspeito, que inquietava a imaginação de toda uma população.

Tomando em consideração as informações de Fabrício, o Boticário Bastos concluíra que o desconhecido devia ser um sábio, um grande químico, refugiado ali para mais sossegadamente levar avante os seus trabalhos científicos.

Homem formado e respeitado na cidade, vereador, médico também, porque o Dr. Jerônimo não gostava de receitar e se fizera sócio da farmácia para mais em paz viver, a opinião de Bastos levou tranquilidade a todas as consciências e fez com que a população cercasse de uma silenciosa admiração a pessoa do grande químico, que viera habitar a cidade.

De tarde, se o viam a passear pela margem do

Tubiacanga, sentando-se aqui e ali, olhando perdidamente as águas claras do riacho, cismando diante da penetrante melancolia do crepúsculo, todos se descobriam e não era raro que às "boas-noites" acrescentassem "doutor". E tocava muito o coração daquela gente a profunda simpatia com que ele tratava as crianças, a maneira pela qual as contemplava, parecendo apiedar-se de que elas tivessem nascido para sofrer e morrer.

Na verdade, era de ver-se, sob a doçura suave da tarde, a bondade de Messias com que ele afagava aquelas crianças pretas, tão lisas de pele e tão tristes de modos, mergulhadas no seu cativeiro moral, e também as brancas, de pele baça, gretada e áspera, vivendo amparadas na necessária caquexia dos trópicos.

Por vezes, vinha-lhe vontade de pensar qual a razão de ter Bernardin de Saint-Pierre gasto toda a sua ternura com Paulo e Virgínia e esquecer-se dos escravos que o cercavam...

Em poucos dias a admiração pelo sábio era quase geral, e, não o era, unicamente porque havia alguém que não tinha em grande conta os méritos do novo habitante.

Capitão Pelino, mestre-escola e redator da *Gazeta de Tubiacanga*, órgão local e filiado ao partido situacionista, embirrava com o sábio. "Vocês hão de ver — dizia ele — quem é esse tipo... Um caloteiro, um aventureiro ou talvez um ladrão fugido do Rio."

A sua opinião em nada se baseava, ou antes, baseava-se no seu oculto despeito vendo na terra um rival para a fama de sábio de que gozava. Não que Pelino fosse químico, longe disso; mas era sábio, era gramático. Ninguém escrevia em Tubiacanga que não levasse bordoada do Capitão Pelino, e mesmo quando se falava em algum homem notável lá do Rio, ele não deixava de dizer: "Não há dúvida! O homem tem talento, mas escreve: *um outro, de resto...*" E contraía os lábios como se tivesse engolido alguma coisa amarga.

Toda a vila de Tubiacanga acostumou-se a respeitar o solene Pelino, que corrigia e emendava as maiores glórias nacionais. Um sábio...

Ao entardecer, depois de ler um pouco o Sotero, o Cândido

de Figueiredo ou o Castro Lopes e de ter passado mais uma vez a tintura nos cabelos, o velho mestre-escola saía vagarosamente de casa, muito abotoado no seu paletó de brim mineiro, e encaminhava-se para a botica do Bastos a dar dois dedos de prosa. Conversar é um modo de dizer, porque era Pelino avaro de palavras, limitando-se tão somente a ouvir. Quando, porém, dos lábios de alguém escapava a menor incorreção de linguagem, intervinha e emendava. "Eu asseguro — dizia o agente do Correio — que..." Por aí, o mestre-escola intervinha com mansuetude evangélica: "Não diga *asseguro*, Sr. Bernardes; em português é *garanto*".

E a conversa continuava depois da emenda, para ser de novo interrompida por uma outra. Por essas e outras, houve muitos palestradores que se afastaram, mas Pelino, indiferente, seguro dos seus deveres, continuava o seu apostolado de vernaculismo. A chegada do sábio veio distraí-lo um pouco da sua missão. Todo o seu esforço voltava-se agora para combater aquele rival, que surgia tão inopinadamente.

Foram vãs as suas palavras e a sua eloquência: não só Raimundo Flamel pagava em dia suas contas, como era generoso — pai da pobreza — e o farmacêutico vira numa revista de específicos seu nome citado como químico de valor.

Havia já anos que o químico vivia em Tubiacanga, quando, uma bela manhã, Bastos o viu entrar pela botica adentro. O prazer do farmacêutico foi imenso. O sábio não se dignara até aí visitar fosse quem fosse, e, certo dia, quando o Sacristão Orestes ousou penetrar em sua casa, pedindo-lhe uma esmola para a futura festa de Nossa Senhora da Conceição, foi com visível enfado que ele o recebeu e atendeu.

Vendo-o, Bastos saiu de detrás do balcão, correu a recebê-lo com a mais perfeita demonstração de quem sabia com quem tratava e foi quase em uma exclamação que disse:

— Doutor, seja bem-vindo.

O sábio pareceu não se surpreender nem com a demonstração de respeito do farmacêutico, nem com o tratamento universitário. Docemente olhou um instante a armação cheia de medicamentos e respondeu:

— Desejava falar-lhe em particular, Sr. Bastos.

O espanto do farmacêutico foi grande. Em que poderia ele ser útil ao homem, cujo nome corria mundo e de quem os jornais falavam com tão acendrado respeito? Seria dinheiro? Talvez... Um atraso no pagamento das rendas, quem sabe? E foi conduzindo o químico para o interior da casa, sob o olhar espantado do aprendiz, que, por um momento, deixou a mão descansar no gral, onde macerava uma tisana qualquer.

Por fim, achou os fundos, bem no fundo, o quartinho que lhe servia para exames médicos mais detidos ou para as pequenas operações, porque Bastos também operava. Sentaram-se e Flamel não tardou a expor:

— Como o senhor deve saber, dedico-me à Química, tenho mesmo um nome respeitado no mundo sábio...

— Sei perfeitamente, doutor, mesmo tenho disso informado, aqui, aos meus amigos.

— Obrigado. Pois bem: fiz uma grande descoberta, extraordinária...

Envergonhado com o seu entusiasmo, o sábio fez uma pausa e depois continuou:

— Uma descoberta... Mas não me convém, por ora, comunicar ao mundo sábio, compreende?

— Perfeitamente.

— Por isso precisava de três pessoas conceituadas que fossem testemunhas de uma experiência dela e me dessem um atestado em forma, para resguardar a prioridade da minha invenção... O senhor sabe: há acontecimentos imprevistos e...

— Certamente! Não há dúvida!

— Imagine o senhor que se trata de fazer ouro...

— Como? O quê? — fez Bastos arregalando os olhos.

— Sim! Ouro! — disse com firmeza Flamel.

— Como?

— O senhor saberá — disse o químico secamente. – A questão do momento são as pessoas que devem assistir à experiência, não acha?

— Com certeza, é preciso que os seus direitos fiquem resguardados, porquanto...

— Uma delas — interrompeu o sábio — é o senhor; as outras duas o Sr. Bastos fará o favor de indicar-me.

O boticário esteve um instante a pensar, passando em revista os seus conhecimentos, e ao fim de uns três minutos, perguntou:

— O Coronel Bentes lhe serve? Conhece?

— Não. O senhor sabe que não me dou com ninguém aqui.

— Posso garantir-lhe que é um homem sério, rico e muito discreto.

— É religioso? Faço-lhe esta pergunta — acrescentou Flamel logo — porque temos que lidar com ossos de defunto e só estes servem...

— Qual! É quase ateu...

— Bem! Aceito. E o outro?

Bastos voltou a pensar e dessa vez demorou-se um pouco mais consultando a sua memória... Por fim falou:

— Será o Tenente Carvalhaes, o coletor, conhece?

— Como já lhe disse...

— É verdade. É homem de confiança, sério, mas...

— Que é que tem?

— É maçom.

— Melhor.

— E quando é?

— Domingo. Domingo os três irão lá em casa assistir à experiência e espero que não me recusarão as suas firmas para autenticar a minha descoberta.

— Está tratado.

Domingo, conforme prometeram, as três pessoas respeitáveis de Tubiacanga foram à casa de Flamel, e, dias depois, misteriosamente, ele desapareceria sem deixar vestígio ou explicação para o seu desaparecimento.

Tubiacanga era uma pequena cidade de três ou quatro mil habitantes, muito pacífica, em cuja estação, de onde em onde, os expressos davam a hora de parar. Há cinco anos não se registrava nela um furto ou roubo. As portas e janelas só eram usadas... porque o Rio as usava.

O último crime notado em seu pobre cadastro fora um assassinato por ocasião das eleições municipais; mas, atendendo que o assassino era do partido do governo, e a vítima da oposição, o acontecimento em nada alterou os hábitos da cidade, continuando ela a exportar o seu café e a mirar as suas casas baixas e acanhadas nas escassas águas do pequeno rio que a batizara.

Mas, qual não foi a surpresa dos seus habitantes quando se veio a verificar nela um dos mais repugnantes crimes de que se tem memória! Não se tratava de um esquartejamento ou parricídio; não era o assassinato de uma família inteira ou um assalto à Coletoria; era coisa pior, sacrílega aos olhos de todas as religiões e consciências; violavam-se as sepulturas do "Sossego", do seu cemitério, do seu Campo Santo.

Em começo, o coveiro julgou que fossem cães, mas, revistando bem o muro, não encontrou senão pequenos buracos. Fechou-os; foi inútil. No dia seguinte, um jazigo perpétuo arrombado e os ossos saqueados; no outro, um carneiro e uma sepultura rasa. Era gente ou demônio. O coveiro não quis mais continuar as pesquisas por sua conta, foi ao subdelegado e a notícia espalhou-se pela cidade.

A indignação na cidade tomou todas as feições e todas as vontades. A religião da morte precede todas e certamente será a última a morrer nas consciências. Contra a profanação, clamaram os seus presbiterianos do lugar — os bíblias, como lhes chamava o povo; clamava o Agrimensor Nicolau, antigo cadete, positivista do rito Teixeira Mendes; clamava o Major Camanho, Presidente da Loja Nova Esperança; clamavam o turco Miguel Abudalah, negociante de armarinho, e o cético Belmiro, antigo estudante, que vivia ao deus-dará, bebericando parati nas tavernas. A própria filha do engenheiro residente da Estrada de Ferro, que vivia desdenhando aquele lugarejo, sem notar sequer os suspiros dos apaixonados locais, sempre esperando que o expresso trouxesse um príncipe a desposá-la, a linda e desdenhosa Cora, não pôde deixar de compartilhar da indignação e do horror que tal ato provocara em todos do lugarejo. Que tinha ela com o túmulo de antigos escravos e humildes roceiros? Em que podia interessar aos seus lindos olhos pardos o destino de tão humildes ossos? Porventura o furto deles perturbaria o seu sonho de fazer radiar a beleza de sua boca, dos seus olhos e do seu busto nas calçadas do Rio?

Decerto, não; mas era a Morte, a Morte implacável e onipotente, de quem ela também se sentia escrava, e que não deixaria um dia de levar a sua linda caveirinha para a paz eterna do cemitério. Aí Cora queria os seus ossos sossegados, quietos e comodamente descansando num caixão bem feito e num túmulo seguro, depois de ter sido a sua carne encanto e prazer dos vermes...

O mais indignado, porém, era Pelino. O professor deitara artigo de fundo, imprecando, bramindo, gritando: "Na história do crime — dizia ele — já bastante rica de fatos repugnantes, como sejam: o esquartejamento de Maria de Macedo, o estrangulamento dos Irmãos Fuoco, não se registra um que o seja tanto como o saque às sepulturas do 'Sossego'".

E a vila vivia em sobressalto. Nas faces não se lia mais paz; os negócios estavam paralisados; os namoros suspensos. Dias e dias por sobre as casas pairavam nuvens negras e, à noite, todos ouviam ruídos, gemidos, barulhos sobrenaturais... Parecia que os mortos pediam vingança...

O saque, porém, continuava. Toda noite eram duas, três sepulturas abertas e esvaziadas de seu fúnebre conteúdo. Toda a população resolveu ir em massa guardar os ossos dos seus maiores. Foram cedo, mas, em breve, cedendo à fadiga e ao sono, retirou-se um depois outro e, pela madrugada, já não havia nenhum vigilante. Ainda nesse dia o coveiro verificou que duas sepulturas tinham sido abertas e os ossos levados para destino misterioso.

Organizaram então uma guarda. Dez homens decididos juraram perante o subdelegado vigiar durante a noite a mansão dos mortos.

Nada houve de anormal na primeira noite, na segunda e na terceira; mas, na quarta, quando os vigias já se dispunham a cochilar, um deles julgou lobrigar um vulto esgueirando-se por entre a quadra dos carneiros. Correram e conseguiram apanhar dois dos vampiros. A raiva e a indignação até aí sopitadas no ânimo deles, não se contiveram mais e deram tanta bordoada nos macabros ladrões, que os deixaram estendidos como mortos.

A notícia correu logo de casa em casa e, quando, de manhã se tratou de estabelecer a identidade dos dois malfeitores, foi diante da população inteira que foram neles reconhecidos o Coletor Carvalhaes e o Coronel Bentes, rico fazendeiro e Presidente da Câmara. Este último ainda vivia e, a perguntas repetidas que lhe fizeram, pôde dizer que juntava os ossos para fazer ouro e o companheiro que fugira era o farmacêutico.

Houve espanto e esperanças. Como fazer ouro com ossos? Seria possível? Mas aquele homem rico, respeitado, como desceria ao papel de ladrão de mortos se a coisa não fosse verdade!

Se fosse possível fazer, se daqueles míseros despojos fúnebres se pudesse fazer alguns contos de réis, como não seria bom para todos eles!

O carteiro, cujo velho sonho era a formatura do filho, viu logo ali meios de consegui-la. Castrioto, o escrivão do juiz de paz, que o ano passado conseguiu comprar uma casa, mas ainda não a pudera cercar, pensou no muro, que lhe devia proteger a horta e a criação. Pelos olhos do Sitiante Marques que andava desde anos atrapalhado para arranjar um pasto, passou logo o prado verde do Costa, onde os seus bois engordariam e ganhariam forças...

Às necessidades de cada um, aqueles ossos que eram ouro, viriam atender, satisfazer e felicitá-los; e aqueles dois ou três milhares de pessoas, homens, crianças, mulheres, moços e velhos, como se fossem uma só pessoa, correram à casa do farmacêutico.

A custo, o subdelegado pôde impedir que varejassem a botica e conseguir que ficassem na praça à espera do homem, que tinha o segredo de todo um potosi. Ele não tardou a aparecer. Trepado a uma cadeira, tendo na mão uma pequena barra de ouro que reluzia ao forte sol da manhã, Bastos pediu graças, prometendo que ensinaria o segredo, se lhe poupassem a vida.

— Queremos já sabê-lo — gritaram.

Ele então explicou que era preciso redigir a receita, indicar a marcha do processo, os reativos — trabalho longo que só poderia ser entregue impresso no dia seguinte. Houve um murmúrio, alguns chegaram a gritar, mas o subdelegado falou e responsabilizou-se pelo resultado.

Docilmente, com aquela doçura particular às multidões furiosas, cada qual se encaminhou para casa, tendo na cabeça um único pensamento: arranjar imediatamente a maior porção de ossos de defunto que pudesse.

O sucesso chegou à casa do engenheiro residente da Estrada de Ferro. Ao jantar, não se falou em outra coisa. O doutor concatenou o que ainda sabia do seu curso, e afirmou que era impossível. Isto era alquimia, coisa morta: ouro é ouro, corpo simples, e osso é osso, um composto, fosfato de cal. Pensar que se podia fazer de uma coisa outra era besteira. Cora aproveitou o caso para rir-se petropolimente da credulidade daqueles botocudos; mas sua mãe, D. Emília, tinha fé que a coisa era possível.

À noite, porém, o doutor, percebendo que a mulher dormia, saltou a janela e correu em direitura ao cemitério; Cora, de pés nus, com as chinelas nas mãos, procurou a criada para irem juntas à colheita de ossos. Não a encontrou, foi sozinha; e D. Emília, vendo-se só adivinhou o passeio e lá foi também. E assim

aconteceu na cidade inteira. O pai, sem dizer nada ao filho, saía; a mulher, julgando enganar o marido, saía; os filhos, as filhas, os criados — toda a população, sob a luz das estrelas assombradas, correu ao satânico *rendez-vous* no "Sossego". E ninguém faltou. O mais rico e o mais pobre lá estavam. Era o turco Miguel, era o Professor Pelino, o Dr. Jerônimo, o Major Camanho, Cora, a linda e a deslumbrante Cora, com os seus lindos dedos de alabastro, revolvia a sânie das sepulturas, arrancava as carnes ainda podres agarradas tenazmente aos ossos e deles enchia o seu regaço até ali inútil. Era o dote que colhia, e as suas narinas, que se abriam em asas rosadas e quase transparentes, não sentiam o fétido dos tecidos apodrecidos em lama fedorenta...

A desinteligência não tardou a surgir; os mortos eram poucos e não bastavam para satisfazer a fome dos vivos. Houve facadas, tiros, cachações. Pelino esfaqueou o turco por causa de um fêmur e mesmo entre as famílias questões surgiram. Unicamente, o carteiro e o filho não brigaram. Andaram juntos e de acordo e houve uma vez que o pequeno, uma esperta criança de onze anos, até aconselhou ao pai:

— Papai, vamos onde está mamãe; ela era tão gorda...

De manhã, o cemitério tinha mais mortos do que aqueles que recebera em trinta anos de existência. Uma única pessoa lá não estivera, não matara nem profanara sepulturas: fora o bêbedo Belmiro.

Entrando numa venda, meio aberta, e nela não encontrando ninguém, enchera uma garrafa de parati e se deixara ficar a beber sentado na margem do Tubiacanga, vendo escorrer mansamente as suas águas sobre o áspero leito de granito — ambos, ele e o rio, indiferentes ao que já viram, ao que viam, mesmo à fuga do farmacêutico, com o seu potosi e o seu segredo, sob o dossel eterno das estrelas.

Reprodução

Aluísio Azevedo (1857–1913) nasceu em São Luís (MA) e faleceu em Buenos Aires, na Argentina. Cedo mudou-se para o Rio de Janeiro, cenário da sua obra. Disciplinado, trabalhou muito e sempre. Queixava-se de que não podia, sem emprego regular, escrever o seu grande romance: a história de várias gerações de uma família carioca. Aprovado em concurso para cônsul e vivendo no estrangeiro — Espanha, Itália, Japão, Argentina —, entretanto não o realizou. Estava longe do povo que o inspirava.

Principais obras: *O mulato*; *Casa de pensão*; *O coruja*; *O cortiço* e *Livro de uma sogra*, romances. *Demônios* e *Pegadas*, contos.

Polítipo
Aluísio Azevedo

Suicidou-se anteontem o meu triste amigo Boaventura da Costa.

Pobre Boaventura! Jamais o caiporismo encontrou asilo tão cômodo para as suas traiçoeiras manobras como naquele corpinho dele, arqueado e seco, cuja exiguidade física, em contraste com a rara grandeza de sua alma, muita vez me levou a pensar seriamente na injustiça dos céus e na desequilibrada desigualdade das coisas cá da terra.

Não conheci ainda criatura de melhor coração, nem de pior estrela. Possuía o desgraçado os mais formosos dotes morais de que é suscetível um animal da nossa espécie, escondidos porém na mais ingrata e comprometedora figura que até hoje viram meus olhos por entre a intérmina cadeia dos tipos ridículos.

O livro era excelente, mas a encadernação detestável.

Imagine-se um homenzinho de cinco pés de altura sobre um de largo, com uma grande cabeça feia, quase sem testa, olhos fundos, pequenos e descabelado; nariz de feitio duvidoso, boca sem expressão, gestos vulgares, nenhum sinal de barba, braços curtos, peito apertado e pernas arqueadas; e ter-se-á uma ideia do tipo do meu malogrado amigo.

Tipo destinado a perder-se na multidão, mas que a cada instante se destacava justamente pela sua extraordinária vulgaridade; tipo sem nenhum traço individual, sem uma nota própria, mas que por isso mesmo se fazia singular e apontado; tipo cuja fisionomia ninguém conseguia reter na memória, mas que todos supunham conhecer ou já ter visto em alguma parte; tipo a que homem algum, nem mesmo aqueles a quem o infeliz, levado pelos impulsos generosos de sua alma, prestava com sacrifício os mais galantes obséquios, jamais encarou sem uma instintiva e secreta ponta de desconfiança.

Se em qualquer conflito, na rua, num teatro, no café ou no bonde, era uma senhora desacatada, ou um velho vítima de alguma violência, ou uma criança batida por alguém mais forte do que ela, Boaventura tomava logo as dores pela parte fraca, revoltava-se indignado, castigava com palavras enérgicas o culpado; mas ninguém, ninguém lhe atribuía a paternidade de ação tão generosa. Ao passo que, quando em sua presença, se cometia qualquer ato desairoso, cujo autor não fosse logo descoberto, todos olhavam para ele desconfiados, e em cada rosto o pobre Boaventura percebia uma acusação tácita.

E o pior é que nestas ocasiões, em que tão injustamente era tomado por outro, ficava o desgraçado por tal modo confuso e perplexo, que, em vez de protestar, começava a empalidecer, a engolir em seco, agravando cada vez mais a sua dura situação.

Outro doloroso caiporismo dos seus, era o de parecer-se com todo o mundo. Boaventura não tinha fisionomia própria; tinha um pouco da de toda gente. Daí os quiproquós em que ele, apesar de tão bom e tão pacato, vivia sempre enredado. Tão depressa o tomavam por ator, como por um padre, ou por um barbeiro, ou por um polícia secreto; tomavam-no por tudo e por todos, menos pelo Boaventura da Costa, rapaz solteiro, amanuense de uma repartição pública, pessoa honesta e de bons costumes.

Tinha cara de tudo e não tinha cara de nada, ao certo. As

circunstâncias da sua falta absoluta de barba davam-lhe ao rosto uma dúbia expressão, que tanto podia ser de homem, como de mulher, ou mesmo de criança. Era muito difícil, senão impossível, determinar-lhe a idade. Visto de certo modo, parecia um sujeito de trinta anos, mas bastava que ele mudasse de posição para que o observador mudasse também de julgamento; de perfil representava pessoa bastante idosa, mas, olhado de costas, dir-se-ia um estudante de preparatórios; contemplado de cima para baixo era quase um bonito moço, porém, de baixo para cima era simplesmente horrível.

Encarando-o bem de frente, ninguém hesitaria em dar-lhe vinte e cinco anos, mas, com o rosto em três quartos, afigurava apenas dezoito. Quando saía à rua, em noites chuvosas, com a gola do sobretudo até às orelhas e o chapéu até à gola do sobretudo, passava por um velhinho octogenário; e, quando estava em casa, no verão, em fralda de camisa, a brincar com o seu gato ou com o seu cachorro, era tirar nem pôr, um nhonhô de uns dez ou doze anos de idade.

Um dia, entre muitos, em que a polícia, por engano, lhe invadiu os aposentos, surpreendeu-o dormindo, muito agachadinho sob os lençóis, com a cabeça embrulhada num lenço à laia de touca, e o sargento exclamou comovido:

— Uma criança! Pobrezinho! Como a deixaram aqui tão desamparada!

De outra vez, quando ainda a polícia quis dar caça a certas mulheres que tiveram a fantasia de tomar trajos de homem e percorrer assim as ruas da cidade, Boaventura foi logo agarrado e só na estação conseguiu provar que não era quem supunham. Outra ocasião, indo procurar certo artista, de cujos serviços precisava, foi recebido no corredor com esta singularíssima frase:

— Quê? Pois a senhora tem a coragem de voltar?... E quer ver se me engana com essas calças?

Tomara-o pela pobre, a quem na véspera havia despedido de casa.

Não se dava conflito de rua, em que, passando perto o Boaventura, não o tomassem imediatamente por o mais lívido, o mais sobressaltado, o mais suspeito circunstante. Não conseguia atravessar um quarteirão, sem que fosse a cada passo interrompido por várias pessoas desconhecidas, que lhe davam joviais palmadas no ombro e na barriga, acompanhando-as de alegres e risonhas frases de velha e íntima amizade.

Em outros casos era um credor que o perseguia, convencido de que o devedor queria escapar-lhe, fingindo não ser o próprio; ou uma mulher que o descompunha em público; ou um agente policial que lhe rondava os passos; ou um soldado que lhe cortava o caminho supondo ver nele um colega desertor.

E tudo isto ia o infeliz suportando, sem nunca aliás ter em sua vida cometido a menor culpa.

Uma existência impossível!

Se se achava numa repartição pública, tomavam-no, infalivelmente, pelo contínuo; nas igrejas passava sempre pelo sacristão; nos cafés, se acontecia levantar-se da mesa sem chapéu, bradava-lhe logo um consumidor, segurando-lhe o braço:

— Garção! Há meia hora que reclamo que me sirva.

Se ia provar um paletó à loja do alfaiate, enquanto estivesse em mangas de camisa, era só a ele que se dirigiam as pessoas chegadas depois. Nas muitas vezes que foi preso como suposto autor de vários crimes, a autoridade afiançava sempre que ele tinha diversos retratos na polícia. Verdade era que as fotografias não se pareciam entre si, mas todas se pareciam com Boaventura.

Num clube familiar, quando o infeliz já no corredor, reclamava do porteiro o seu chapéu para retirar-se, uma senhora de nervos fortes chegou-se por detrás dele na ponta dos pés e ferrou-lhe um beliscão.

— Pensas que não vi o teu escândalo com a Viúva Sarmento, grandíssimo velhaco?!

O mísero voltara-se inalteravelmente, sem a menor surpresa. Ah! Ele já estava mais do que habituado àqueles enganos.

Que vida!

Afinal, e nem podia deixar de ser assim, atirou-se ao mar.

No necrotério, onde fui por acaso, encontrei já muita gente; e todos aflitos, e todos agoniados defronte daquele cadáver que se parecia com um parente ou com um amigo de cada um deles.

Havia choro a valer e, entre o clamor geral, distinguiam-se estas e outras frases:

— Meu filho morto! Meu filho morto!

— Valha-me Deus! Estou viúva! Ai o meu rico homem!

— Ó senhores! Ia jurar que este cadáver é o de Manduca!

— Mas não me engano! É o meu caixeiro!

— Dir-se-ia que este moço era um meu antigo companheiro de bilhar!...

— E eu aposto como é um velho, que tinha um botequim por debaixo da casa onde eu moro!

— Qual velho, o quê! Conheço este defunto. Era estudante de Medicina! Uma vez até tomamos banho juntos, no Boqueirão. Lembro-me dele perfeitamente!

— Estudante! Ora muito obrigado! Há mais de dois anos chamei-o fora de horas para ir ver minha mulher que tinia de cólicas. Era médico velho!

— Impossível! Afianço que este era um pequeno que vendia jornais. Ia levar-me todos os dias a *Gazeta* à casa. É que a morte alterou-lhe as feições.

— Meu pai!

— O Bernardino!

— Olha! Meu padrinho!

— Jesus! Este é meu Tio José!

— Coitado do Padre Rocha!

Pobre Boaventura! Só eu compreendi, adivinhei, que aquele cadáver não podia ser senão o teu, ó triste Boaventura da Costa!

E isso mesmo porque me pareceu reconhecer naquele defunto todo mundo, menos tu, meu desgraçado amigo.

Artur Azevedo (1855–1908) nasceu em São Luís (MA) e faleceu no Rio de Janeiro. Jornalista, boêmio, integra a galeria das grandes figuras do nosso teatro popular. Cultivou todos os gêneros em voga na sua época: a revista, a burleta, a paródia e a comédia. Teve o seu valor devidamente reconhecido e aclamado. Figurou entre os fundadores da Academia Brasileira de Letras e foi embaixador.

Principais obras: *Contos possíveis*; *Contos fora de moda*; *Contos efêmeros*; *Contos em verso* e muitos outros postumamente selecionados e organizados para publicação. No teatro: *Amor por Anexins*; *A joia*; *A almanjarra*; *O badejo* e *A Capital Federal* são suas peças principais.

Plebiscito

Artur Azevedo

A cena passa-se em 1890*. A família está toda reunida na sala de jantar.

O Senhor Rodrigues palita os dentes, repimpado numa cadeira de balanço. Acabou de comer como um abade.

Dona Bernardina, sua esposa, está muito entretida a limpar a gaiola de um canário belga.

Os pequenos são dois, um menino e uma menina. Ela distrai-se a olhar para o canário. Ele, encostado à mesa, os pés cruzados, lê com muita atenção uma das nossas folhas diárias.

Silêncio.

De repente, o menino levanta a cabeça e pergunta:

— Papai, que é plebiscito?

O Senhor Rodrigues fecha os olhos imediatamente para fingir que dorme.

O pequeno insiste:

— Papai?

Pausa.

— Papai?

Dona Bernardina intervém:

* Apesar de a República ter sido proclamada em 1889, alguns políticos queriam que, antes da convocação do Congresso Constituinte de 1891, fosse feito um plebiscito sobre a forma de governo a ser adotada pelo país. (*Nota do organizador*)

— Ó Seu Rodrigues, Manduca está lhe chamando. Não durma depois do jantar que lhe faz mal.

O Senhor Rodrigues não tem remédio senão abrir os olhos.

— Que é? Que desejam vocês?

— Eu queria que papai me dissesse o que é plebiscito.

— Ora essa, rapaz! Então tu vais fazer doze anos e não sabes ainda o que é plebiscito?

— Se soubesse não perguntava.

O Senhor Rodrigues volta-se para Dona Bernardina, que continua muito ocupada com a gaiola:

— Ó senhora, o pequeno não sabe o que é plebiscito!

— Não admira que ele não saiba, porque eu também não sei.

— Que me diz?! Pois a senhora não sabe o que é plebiscito?

— Nem eu, nem você; aqui em casa ninguém sabe o que é plebiscito.

— Ninguém, alto lá! Creio que tenho dado provas de não ser nenhum ignorante!

— A sua cara não me engana. Você é muito prosa. Vamos: se sabe, diga o que é plebiscito! Então? A gente está esperando! Diga!...

— A senhora o que quer é enfezar-me!

— Mas, homem de Deus, para que você não há de confessar que não sabe? Não é nenhuma vergonha ignorar qualquer palavra. Já outro dia foi a mesma coisa quando Manduca lhe perguntou o que era proletário. Você falou, e o menino ficou sem saber!

— Proletário — acudiu o Senhor Rodrigues — é o cidadão pobre que vive do trabalho mal remunerado.

— Sim, agora sabe porque foi ao dicionário; mas dou-lhe um doce, se me disser o que é plebiscito sem se arredar dessa cadeira!

— Que gostinho tem a senhora em tornar-me ridículo na presença destas crianças!

— Oh! Ridículo é você mesmo quem se faz. Seria tão simples dizer: "Não sei, Manduca, não sei o que é plebiscito; vá buscar o dicionário, meu filho".

O Senhor Rodrigues ergue-se de um ímpeto e brada:

— Mas se eu sei!

— Pois se sabe, diga!

— Não digo para me não humilhar diante de meus filhos. Não dou o braço a torcer! Quero conservar a força moral que devo ter nesta casa! Vá para o diabo!

E o Senhor Rodrigues exasperadíssimo, nervoso, deixa a sala de jantar e vai para o seu quarto, batendo violentamente a porta.

No quarto havia o que ele mais precisava naquela ocasião: algumas gotas de água de flor de laranja e um dicionário...

A menina toma a palavra:

— Coitado de papai! Zangou-se logo depois do jantar! Dizem que é tão perigoso!

— Não fosse tolo — observa Dona Bernardina — e confessasse francamente que não sabia o que é plebiscito!

— Pois sim — acode Manduca, muito pesaroso por ter sido o causador involuntário de toda aquela discussão —, pois sim, mamãe, chame papai e façam as pazes.

— Sim! Sim! Façam as pazes! — diz a menina em tom meigo e suplicante. — Que tolice! Duas pessoas que se estimam tanto zangarem-se por causa do plebiscito!

Dona Bernardina dá um beijo na filha, e vai bater à porta do quarto:

— Seu Rodrigues, venha sentar-se; não vale a pena zangar-se por tão pouco.

O negociante espera a deixa. A porta abre-se imediatamente. Ele entra, atravessa a casa, e vai sentar-se na cadeira de balanço.

— É boa! — brada o Senhor Rodrigues depois de largo silêncio. — É muito boa! Eu! Eu ignorar a significação da palavra plebiscito! Eu!...

A mulher e os filhos aproximam-se dele.

O homem continua num tom profundamente dogmático:

— Plebiscito...

E olha para todos os lados a ver se há por ali mais alguém que possa aproveitar a lição.

— Plebiscito é uma lei decretada pelo povo romano, estabelecido em comícios.

— Ah! — suspiram todos, aliviados.

— Uma lei romana, percebem? E querem introduzi-la no Brasil! É mais um estrangeirismo!...

Arquivo particula

Roberto Negreiros é técnico em artes gráficas pelo Senai e mora em São Paulo. Ilustrador consagrado, teve trabalhos publicados por várias editoras. Algumas obras ilustradas por ele: *Caçando príncipes e engolindo sapos*, *Procurando princesas e encontrando bruxas* e *Chefe todo mundo tem*.

Para fazer as ilustrações de *Histórias de humor*, Negreiros utilizou nanquim em bico de pena.